Le Rêve de Jérusalem *(cycle en 4 volumes)*

Déjà parus

T1 - La Milice sacrée
T2 - L'Épreuve divine

À paraître

T3 - La Blanche Lance

Dessin
LIONEL MARTY

Scénario
PHILIPPE THIRAULT

Couleurs
ISABELLE MERLET

Le Rêve de Jérusalem

TOME 2/4 L'ÉPREUVE DIVINE

EMPREINTE(S)
DUPUIS

PHILIPPE THIRAULT

aux éditions Dupuis
en collaboration avec Marc Malès
Lucy (deux tomes)

en collaboration avec Sinisa Radovic
La fille du Yukon (trois tomes)

en collaboration avec Lionel Marty
Le Rêve de Jérusalem (deux tomes parus)

en collaboration avec Sébastien Gnaedig
Une épaisse couche de sentiments

Aux Éditions Futuropolis
Paroles de Tox (ouvrage collectif)

aux éditions du Cycliste
en collaboration avec Sébastien Gnaedig
Mes voisins sont formidables
Un bon plan de chez bon plan

aux Humanoïdes Associés
en collaboration avec Guice & Perkins
Mandalay (deux tomes parus)

en collaboration avec Hojgaard
La Meute de l'enfer (trois tomes parus)

en collaboration avec Riou et Vigouroux
Miss (quatre tomes parus)

en collaboration avec Malès
Mille visages (quatre tomes parus)

aux éditions du Serpent à Plumes
Lucy
Hémoglobine Blues
Heureux les imbéciles
Speedway

Aux Éditions Rackham
en collaboration avec Sébastien Gnaedig
Vider la corbeille

Aux Éditions La Boite À Bulles
Transports sentimentaux (ouvrage collectif)

LIONEL MARTY

aux éditions Dupuis
en collaboration avec Philippe Thirault
Le Rêve de Jérusalem (deux tomes parus)

Aux Éditions Delcourt
en collaboration avec Éric Omond
Mort Linden (trois tomes parus)

Pour Florent Ferly.

Philippe

Pour Jules et pour Lili...

Lionel

www.lionelmarty.canalblog.com
www.jerusalem.dupuis.com

Conception graphique : Franck Achard.

Dépôt légal : avril 2008 - D.2008/0089/84
ISBN 978-2-8001-4092-6

Imprimé en Belgique.

www.dupuis.com

CONSTANTINOPLE, AVRIL 1097.
SEIGNEUR KARLIS! UNE FEMME DEMANDE À TE VOIR!
FAIS-LA ENTRER, AUBRÉ.
PARDONNE-MOI DE TE DÉRANGER, LIVE NOIR! JE...
TU NE ME DÉRANGES PAS. PARLE!
C'EST PIEDS DU DIABLE... VOILÀ DEUX JOURS QU'IL A QUITTÉ LE CAMP ET IL...
OH, JE SUIS CONFUSE DE...
RASSURE-TOI, CYRIELLE: JE M'INQUIÈTE AUSSI. LANGUEDOLCE NOUS EST PRÉCIEUX. IL N'Y A PAS QU'À TOI QUE CETTE TÊTE FOLLE CAUSE DÉCEPTIONS ET TOURMENTS...
JE M'EN OCCUPE DÉJÀ! RELÈVE-TOI ET VA EN PAIX...

COMMENT SE FAIT-IL QUE NOS HOMMES N'AIENT PAS ENCORE RAMENÉ LANGUEDOLCE ?
ILS LE CHERCHENT ACTIVEMENT, SEIGNEUR...
MAIS CONSTANTINOPLE COMPTE UN NOMBRE IMPORTANT DE BORDELS !...
LE LENDEMAIN...
AVANCE, PIEDS DU DIABLE ! DÉPÊCHE-TOI !
TU AURAS GÂCHÉ JUSQU'À MON SOMMEIL, LANGUEDOLCE. ET CE N'EST PAS LA PREMIÈRE FOIS.
C'EST JUSTEMENT UN SOMMEIL APAISÉ QUE JE SOUHAITAIS RETROUVER DANS LES BRAS DES PUTES DE CONSTANTINOPLE, LIVE NOIR !
TOI QUI AS FAIT SE RÉVEILLER EN MOI LES PIRES CAUCHEMARS !

TU PRÉTENDS VOULOIR OUBLIER CE DONT TU NE VEUX PAS TE SOUVENIR?? ÉTRANGE!...
QUE TE FAUDRA-T-IL POUR COMPRENDRE LE RÔLE ESSENTIEL QUE TU TIENS DANS CETTE CROISADE?!
TU N'AS PAS BESOIN DE MOI, LIVE NOIR! VOUS ÊTES VINGT-CINQ MILLE CHRÉTIENS AMASSÉS SOUS LES REMPARTS DE CONSTANTINOPLE! VOUS ÊTES UNE ARMÉE CONDUITE PAR LA FINE FLEUR DE LA CHEVALERIE! UNE FOIS PARTIS D'ICI AVEC LA BÉNÉDICTION D'ALEXIS COMNÈNE, VOUS ALLEZ RECONQUÉRIR FACILEMENT TOUTES LES TERRES VOLÉES PAR LES INFIDÈLES!
OUI, LANGUEDOLCE! NOTRE ARMÉE EST PUISSANTE ET SES QUATRE CHEFS, GODEFROY DE BOUILLON, RAYMOND DE ST GILLES, ROBERT DE NORMANDIE ET MON MAÎTRE BOHEMOND DE TARENTE ONT OBTENU L'AIDE DU BASILEUS DE CONSTANTINOPLE EN ÉCHANGE DE LUI RENDRE TOUS LES TERRITOIRES CONQUIS...
MAIS TU SAIS COMME MOI QUE CETTE ALLIANCE EST FRAGILE...
CE GREC D'ALEXIS COMNÈNE EST LE PLUS FOURBE DES ÊTRES! JE ME DEMANDE QUI SERA LE PREMIER À TRAHIR SES PROMESSES, LUI OU NOUS!
DIEU ME SEMBLE BIEN ABSENT DE CES DÉBATS!...
AU CONTRAIRE, IL EN EST LE COEUR!...
ELLE VOLERA RAPIDEMENT EN ÉCLATS!...
ET SOIS CERTAIN QU'IL SAURA DÉSIGNER LE DÉTENTEUR DU BON DROIT!...

BEL EXPOSÉ, LIVE NOIR! JE RAJOUTERAI CECI: LES HABITANTS DE LA TERRE SE DIVISENT EN DEUX, CEUX QUI ONT UN CERVEAU MAIS PAS DE RELIGION, ...
ET CEUX QUI ONT UNE RELIGION MAIS PAS DE CERVEAU!
AUBRÉ! FAIS DONNER LE FOUET À PIEDS DU DIABLE!...
CYRIELLE!
OH, PAR PITIÉ!
PASSE TON CHEMIN, LANGUE-DOLCE!... TU DOIS AVOIR SUR TOI L'ODEUR DES FILLES À QUI TU AS OFFERT CE QUE TU NE ME DONNES PLUS!
JE T'EN SUPPLIE, CYRIELLE! AIDE-MOI!
HERMANCE! ...
VIENS...

CLANG!
MÈRE! TU... TU ENTENDS CE BRUIT ??
CLANG!
JE N'ENTENDS AUCUN BRUIT, HERMANCE... TU N'AS RIEN À CRAINDRE...
DORS...
MAIS SI! JE...
CLANG!
CLANG!
TU PEUX ENTRER, LANGUEDOLCE! C'EST PRÊT...
JE DOIS T'ATTACHER SUR CETTE CROIX!
VIENS!

MÈRE !
AU SECOURS, MÈRE ! RÉVEILLE-TOI !
MAIS JE NE DORS PAS, MON FILS...
JE NE DORS JAMAIS !
PIEDS DU DIABLE ? TU AS CRIÉ ! TES BLESSURES TE FONT ENCORE MAL ?
MAI 1097.
NON ! JE... M'ÉTAIS ENDORMI.

NICÉE, NORD-OUEST DE LA TURQUIE, JUIN 1097.
VIENS AVEC MOI, PIEDS DU DIABLE, J'AI BESOIN DE TES SERVICES !
LIVE NOIR ! OÙ TOI ET TON TUEUR TAFUR M'ENTRAÎNEZ-VOUS ?
CHEZ LES TAFURS, JUSTEMENT, IMBÉCILE ! ISTVÀNA KALIA A DEMANDÉ À ME VOIR.
ET TOI AUSSITÔT TU ACCÈDES À SA REQUÊTE !... D'HABITUDE, IL T'EN FAUT PLUS POUR TE FAIRE OBÉIR !...
BON ! BON ! J'ARRÊTE DE T'IMPORTUNER ! ...

APRÈS TOUT, TU AS BON GOÛT...
LA PRINCESSE DIT QUE CE SIÈGE DE NICÉE DURE DEPUIS PRÈS D'UN MOIS ET DEMI ET QUE C'EST BIEN TROP LONG POUR SES GUERRIERS À QUI, PAS UNE FOIS, ON N'A DEMANDÉ DE COMBATTRE !...
ELLE... ELLE DIT QUE C'EST UNE VIE DE... DE VAUTOUR, UNE VIE INDIGNE D'ELLE ET DES TAFURS...
RAPPELLE À ISTVÀNA KALIA QUE CETTE VILLE EST TRÈS IMPORTANTE STRATÉGIQUEMENT, QU'ELLE CONSTITUE UN DES SIÈGES DE LA PUISSANCE MILITAIRE DES TURCS. PRENDRE NICÉE EMPÊCHERA DÉFINITIVEMENT CONSTANTINOPLE D'ÊTRE MENACÉE DANS SON RAVITAILLEMENT.
ET IL N'EST PAS BESOIN DE SACRIFIER DES VIES EN LANÇANT DES ASSAUTS, ALORS QUE LA FAMINE VA BIENTÔT FAIRE QUE LES TURCS SE RENDRONT SANS COMBATTRE...
PIEDS DU DIABLE, DIS AU LIVE NOIR QUE NOTRE CONTRAT NE M'INTÉRESSE PLUS...
NOUS QUITTERONS DEMAIN LES CROISÉS ! IL ÉTAIT CONVENU AVEC LUI QUE NOUS POURRIONS LE FAIRE À TOUT MOMENT, À MA GUISE !
N... NON !
J'AI ACCÉDÉ À TOUS TES DÉSIRS, ISTVÀNA ! J'AI PERMIS AUX TAFURS DE S'ÉTABLIR EN RETRAIT DU CAMP DES CROISÉS ! J'AI ACCEPTÉ QUE TU SOIS LA SEULE À LEUR DONNER DES ORDRES !
TU NE PEUX PAS NOUS ABANDONNER ALORS QUE NOUS ALLONS AU-DEVANT DES PLUS GRANDES ÉPREUVES !

REFRAIN CONNU...
FERME-LA, LANGUEDOLCE! ET LAISSE-NOUS SEULS! POUR CE QUE J'AI À DIRE MAINTENANT À ISTVÂNA KALIA, JE N'AI PLUS BESOIN DE TES TALENTS D'INTERPRÈTE!
NOS MAÎTRES VONT SE PASSER DE NOUS QUELQUES INSTANTS, ANDARA! APRÈS TOUT, DE QUELQUE PAYS QU'ILS SOIENT, LES LOUPS ARRIVENT TOUJOURS À SE COMPRENDRE!...
INUTILE DE T'ÉGOSILLER, LIVE NOIR... JE NE COMPRENDS AUCUN MOT DE TA LANGUE... COMME TU N'EN COMPRENDS AUCUN DE LA MIENNE! FAIS PREUVE D'INTELLIGENCE, À DÉFAUT D'ÉLÉGANCE, ET LAISSE-MOI...
BOK
HA! HA! HA! TON TRÔNE EST FRAGILE, PRINCESSE... CELA TU L'AURAS COMPRIS!
C... COMMENT OSES-TU?!

TU CROYAIS VRAIMENT DICTER TES CONDITIONS AU LIVE NOIR, TZIGANE MAUDITE ?! HÉ BIEN TU TE TROMPAIS LOURDEMENT ! CAR TOUT CE QUE JE VEUX, JE LE PRENDS !
ET JE TE VEUX !
NE VA PAS CROIRE QUE TON BAISER M'A DEPLU, LIVE NOIR !... MAIS C'EST LE GENRE DE CHOSE QUE JE DONNE QUAND JE L'AI DÉCIDÉ !...
NOUS ALLONS REPARTIR VERS LE NORD !... ET TOI, PIEDS DU DIABLE, TU VAS SUIVRE LE LIVE ?...
CHUUUT, ANDARA ! ...
NE T'EN FAIS PAS, MON BEL ASSASSIN !...
NOS MAÎTRES ET NOS ROUTES NE VONT PAS SE SÉPARER TOUT DE SUITE !...

LE LENDEMAIN...
L'ARMÉE D'ALEXIS COMNÈNE !... QUE VIENNENT-ILS FAIRE ICI ?!
JE N'AIME PAS ÇA...
TU N'OUBLIERAS PAS DE ME DIRE ADIEU... CAR IL N'EST PAS SÛR QUE TU ME TROUVES ICI LORSQUE TU REVIENDRAS...
QUE DIS-TU, PRINCESSE ?... LAISSE-MOI UN PEU DE TEMPS POUR APPRENDRE TA LANGUE. JE PASSERAI CE TEMPS À T'AIMER PASSIONNÉMENT ! ...
JE VAIS PEUT-ÊTRE RESTER UN PEU... VA, MAINTENANT ...

QUOI ?! LEVER LE SIÈGE ?!
OUI, SEIGNEUR BOHÉMOND ! SUR ORDRE DU BASILEUS ! NOTRE EMPEREUR ALEXIS A TRAITÉ AVEC L'ÉMIR DE NICÉE. LES TURCS ACCEPTENT DE NOUS OUVRIR LA VILLE SANS COMBATTRE, SI AUCUN CROISÉ N'Y PÉNÈTRE !
C'EST UNE TRAHISON ! LA VILLE ALLAIT TOMBER !
SEIGNEUR DE ST-GILLES ! VOUS OUBLIEZ QUE TOUS LES TERRITOIRES QUE VOUS LIBÉREZ DOIVENT REVENIR AU BASILEUS ! C'EST CE QUI ÉTAIT CONVENU ET...
J'EN AI TROP ENTENDU !
ALORS, MON MAÎTRE ?
J'ENRAGE ! SANS COUP FÉRIR, CES TRAÎTRES DE GRECS VONT METTRE LA MAIN SUR LE FABULEUX TRÉSOR DE L'ÉMIR !
NOUS PERDONS NOTRE TEMPS !
ORDONNE À NOS GENS DE S'ÉQUIPER ! NOUS PARTONS SUR L'HEURE !
QUE LES AUTRES NOUS SUIVENT S'ILS PEUVENT, JE N'ATTENDRAI PERSONNE ET JE SERAI LE PREMIER À ANTIOCHE !
AVEC LA MILICE SACRÉE ET LES TAFURS, NOUS PRENDRONS LA VILLE !

ANTIOCHE, PIEDS DU DIABLE?...
EST-CE QUE, POUR CHANGER, LE LIVE NOIR PEUT NOUS PROMETTRE DE BELLES BATAILLES?...
IL TE PROMET LES COMBATS LES PLUS SANGLANTS!
ET LES PLUS LOURDS BUTINS!... LE LIVE A DÉJÀ FAIT PLUSIEURS FOIS CE PÉRIPLE... LA ROUTE EST LONGUE DE CINQ CENTS LIEUES ET ELLE SERA TRÈS DIFFICILE!...
CELA NE ME DÉPLAÎT PAS... DIS-LUI QUE J'ACCEPTE.
JE SUIS INQUIET, SEIGNEUR DE ST-GILLES... NOUS SOMMES ENCORE LOIN DE LA TERRE SAINTE ET, PAR SON ENTREGENT, ALEXIS COMNÈNE A DÉJÀ RÉUSSI À NOUS DIVISER...
IL ÉTAIT CLAIR DÈS LE DÉPART QUE CELA DEVAIT ARRIVER, MONSEIGNEUR...
MAIS VOUS POURREZ RASSURER LE PAPE: NOUS IRONS BIEN JUSQU'À JÉRUSALEM POUR LA PLUS GRANDE GLOIRE DU CHRIST...
ET BOHÉMOND DE TARENTE NOUS REND SERVICE!... CETTE BRUTE BOUFFIE D'ORGUEIL ET D'AMBITION VA NOUS OUVRIR LE CHEMIN!

UN MOIS PLUS TARD...
ILS NOUS HARCÈLENT ENCORE! ÉCARTEZ-VOUS DES CHARIOTS, CHEVALIERS, ET TUEZ-MOI CES LÂCHES!
RESTE À L'INTÉRIEUR!

TCHOK
LA PLUPART DE CES DÉMONS RÉUSSISSENT À S'ENFUIR, UNE FOIS DE PLUS !
MAIS CEUX-LÀ N'ÉCHAPPERONT PAS À NOTRE COLÈRE !

YAG MURUSH RAT!

BONK
TUE-LE, HERMANCE! FRAPPE!
OOOH! QU'AS-TU FAIT?...
JE... TU M'AS ...

TU M'AS TUÉE...
CYRIELLE! NOOoN!
ADIEU, COMPAGNON ...

LES TAFURS !
OÙ DONC ÉTAIENT PASSÉS CES DRÔLES ?
PRINCESSE ! NOUS AVONS ÉTÉ ATTAQUÉS ! NOS PERTES SONT LOURDES !
SI TU CROIS POUVOIR DISPARAÎTRE ET RÉAPPARAÎTRE AINSI SANS CESSE, TU TE TROMPES !
EN TOUT CAS, TU NE NOUS AIDES PAS !
AU LIEU DE T'ÉGOSILLER DANS TA LANGUE QUE JE NE COMPRENDS PAS, PARLE DANS LA MIENNE QUE TU METS TANT D'ARDEUR À APPRENDRE !
AU BESOIN FAIS VENIR CELUI QUI TE L'ENSEIGNE ! FAIS VENIR LANGUEDOLCE !
HERMANCE !... OÙ EST-IL ?! POURVU QU'IL N'AIT PAS ÉTÉ...
LANGUEDOLCE ! POURQUOI NE M'AS-TU PAS FAIT QUÉRIR ?
C'EST TROP TARD, LIVE NOIR ! TROP TARD !
ELLE EST MORTE !
TAIS-TOI !

IL RESTE QUELQUES LARMES DE VIE DANS SON CORPS ! TU PEUX EN FAIRE UNE RIVIÈRE ! TU PEUX LA GUÉRIR !
NON ! JE TE DIS QUE CE N'EST PAS LA PEINE !
QUAND ME FERAS-TU CONFIANCE ?!
SAINT SÉBASTIEN ET SAINT BARTHÉLEMY ! SAINTS GUÉRISSEURS AIMÉS DU TRÈS-HAUT ! ...
EN SOUVENIR DE VOTRE CHAIR, JE VOUS IMPLORE !
AUBRÉ ! QUE FONT LES TAFURS AVEC CE CHARIOT ?
SUR ORDRE D'ISTVÁNA, LES TAFURS DEVAIENT ENTASSER DANS LE CHARIOT LES CORPS DES TURCS QU'ILS AVAIENT EXTERMINÉS...
LA PRINCESSE N'AVAIT GRACIÉ LE TURC QUE POUR CETTE RAISON : IL DEVAIT RAMENER SES COMPAGNONS CHEZ LES SIENS...
20
ET AVEC EUX RAMENER L'HORREUR ET L'EFFROI ...

QUELQUES JOURS PLUS TARD...
LES TURCS ONT INCENDIÉ LE VILLAGE, SES CULTURES ET SES VIVRES!
L'EAU?
COMME À LEUR HABITUDE, ILS ONT EMPOISONNÉ LES PUITS!...
SEIGNEUR BOHÉMOND! MAUVAISE NOUVELLE!...
NOUS AVONS VU UNE IMPORTANTE ARMÉE TURQUE QUI AVANCE VERS NOUS! ILS SERONT LÀ DEMAIN!
C'EST DONC LA FIN DE LEURS ESCARMOUCHES MEURTRIÈRES! CES DÉMONS VONT NOUS ATTAQUER EN NOMBRE AU MEILLEUR MOMENT! LES HOMMES SONT ÉPUISÉS, MALADES AFFAMÉS!...
ET COMMENT FORTIFIER CET AMAS DE RUINES?...
NON, MON MAÎTRE! NOUS N'ALLONS PAS ATTENDRE ICI QU'ILS NOUS METTENT EN PIÈCES!
NOUS ALLONS LES SURPRENDRE!
C'EST NOUS QUI ALLONS LES ATTAQUER !!

LE LENDEMAIN...
LA PRINCESSE EST RAVIE DE TON PLAN, LIVE ! ELLE DIT QUE C'EST UNE FOLIE, MAIS ELLE AIME CETTE FOLIE-LÀ !
TAIS-TOI, LANGUEDOLCE ! IL NOUS FAUDRA PLUS QUE LA RAGE D'ISTVÁNA ET DE SES HOMMES POUR QUE NOUS AYONS UNE INFIME CHANCE DE REMPORTER CETTE BATAILLE !... CONCENTRE-TOI, CAR IL FAUT QUE TON ESPRIT NE FASSE QU'UN AVEC LE MIEN !
LES TURCS ARRIVENT !!
ARRÊTEZ !!
ILS ONT BIEN LE TEMPS DE VENIR ! ET NOUS DE LES EXTERMINER !
À NOUS QUI VAINCRONS, TU NOUS DONNERAS À MANGER L'ARBRE DE VIE QUI EST DANS TON PARADIS !

KRAK
SAISIS-TOI DE CETTE ARME BÉNIE, LANGUEDOLCE ! ET SOIS AVEC MOI !

À CELUI QUI VAINCRA, JE DONNERAI DE LA MANNE CACHÉE ! ET JE LUI DONNERAI UN CAILLOU BLANC SUR LEQUEL EST ÉCRIT UN NOM NOUVEAU QUE PERSONNE NE CONNAÎT, SI CE N'EST CELUI QUI LE REÇOIT !
VOICI CE QUE DIT CELUI QUI A L'ÉPÉE AIGUË À DEUX TRANCHANTS ! JE SAIS OÙ TU DEMEURES ! JE SAIS OÙ EST LE TRÔNE DE SATAN !
NE PLEURE PAS, CYRIELLE ! PIEDS DU DIABLE VA BIEN !
ET IL A GALVANISÉ NOS HOMMES !
REPENS-TOI DONC ! SINON JE VIENDRAI À TOI BIENTÔT ! ET JE COMBATTRAI AVEC L'ÉPÉE DE MA BOUCHE !

LA VICTOIRE FUT ÉCLATANTE. MAIS NOTRE JOIE DE COURTE DURÉE. CAR VENANT DE TOUTE L'ANATOLIE, LES ARMÉES TURQUES NOUS MENAÇAIENT INLASSABLEMENT.
ET APRÈS CEUX-LÀ, IL EN VIENDRA D'AUTRES...
ET D'AUTRES ENCORE...
NOUS AVONS DÉCIDÉ DE CONTOURNER LES ARMÉES DES PAÏENS EN PASSANT PAR LES CHEMINS ESCARPÉS DES MONTS TAURUS... NOUS ÉCHAPPIONS AINSI AUX CIMETERRES DES TURCS...
MAIS PAS À LA CRUAUTÉ DE LA MONTAGNE...
AAAAAHHH!
LE CHEMIN EST TROP DIFFICILE, PRINCESSE! LE SEIGNEUR BOHÉMOND DONNE L'ORDRE D'ABANDONNER ICI LES CHARIOTS LES PLUS LARGES!
NOUS ALLONS NOUS PRIVER DE LEUR CONTENU? ALORS QUE NOUS MANQUONS DÉJÀ DE TOUT!
ANDARA! RASSEMBLE NOS HOMMES!

LES TAFURS ÉTAIENT CONNUS POUR LEUR FORCE PHÉNOMÉNALE. ENCORE UNE FOIS, ILS NOUS PROUVÈRENT QUE LEUR RÉPUTATION N'ÉTAIT PAS USURPÉE.
ISTVÀNA PORTA D'ÉNORMES CHARGES AU MÊME TITRE QUE SES HOMMES !
PRINCESSE ! TU... TU ES BLESSÉE ?
LAISSE-MOI, LIVE ! JE N'AI PAS BESOIN DE TOI !
JE LE SAVAIS BIEN !... ISTVÀNA KALIA ME REFUSAIT SA COUCHE DEPUIS D'INTERMINABLES JOURS ! MAIS MOI, LE LIVE NOIR, J'AVAIS BESOIN D'ELLE ! PLUS QUE D'AIR, PLUS QUE DE LA VIE...
ELLE A REÇU CETTE BLESSURE À LA BATAILLE... NOTRE GUÉRISSEUR N'ARRIVE PAS À FAIRE QUE LA PLAIE SE REFERME !... LA PRINCESSE NE DIT RIEN, MAIS JE T'EN PRIE...
FAIS QUELQUE CHOSE, LANGUEDOLCE, OU NOUS LA PERDRONS ! ...
ANDARA A OSÉ TE PARLER DE MA BLESSURE ?
JE L'ÉGORGERAI MOI-MÊME !
26
MAIS TU MOURRAS AVANT LUI !
OOOOOH...
PRINCESSE !

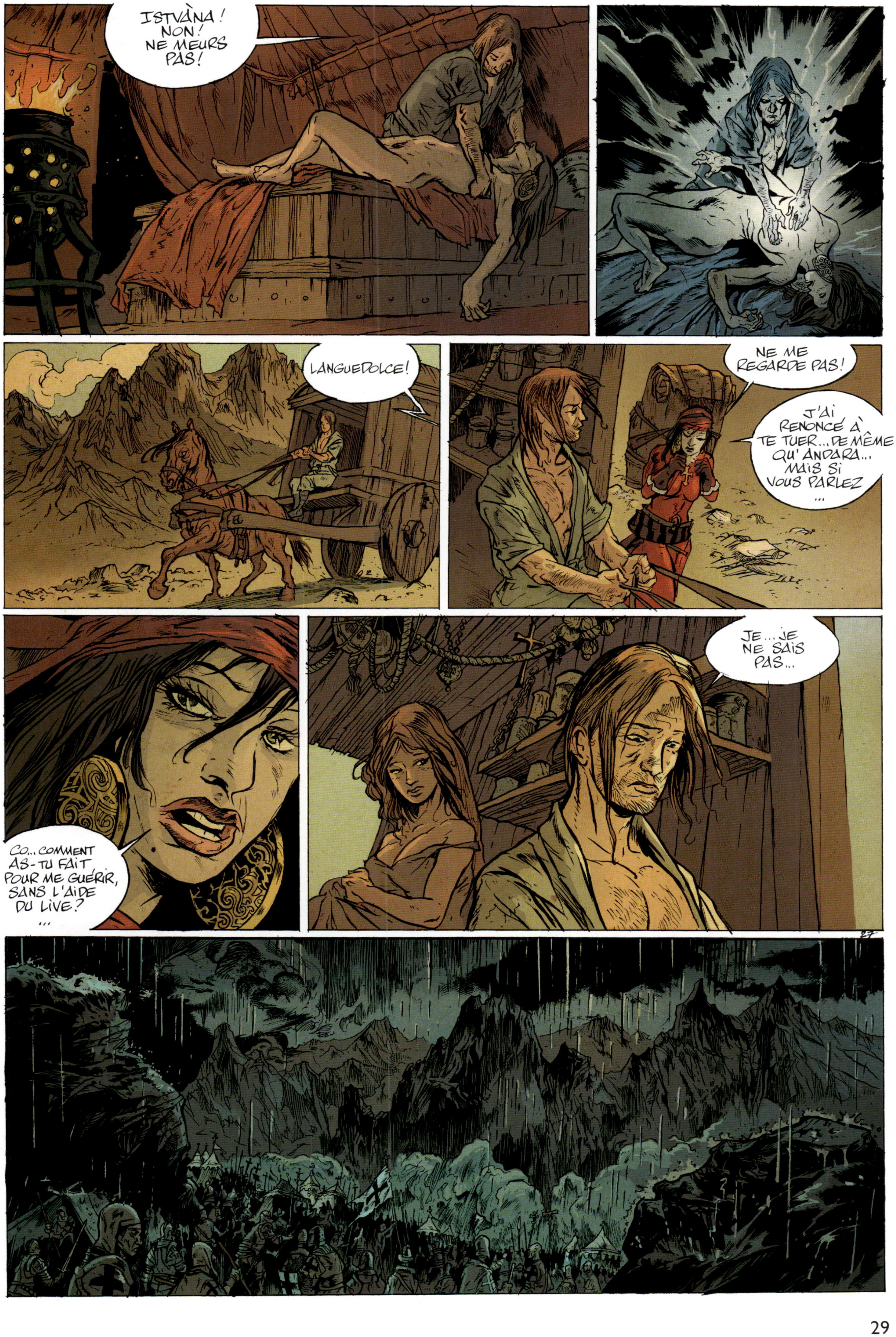
ISTVÀNA ! NON ! NE MEURS PAS !
LANGUEDOLCE !
NE ME REGARDE PAS !
J'AI RENONCÉ À TE TUER... DE MÊME QU'ANDARA... MAIS SI VOUS PARLEZ ...
CO... COMMENT AS-TU FAIT POUR ME GUÉRIR, SANS L'AIDE DU LIVE ? ...
JE... JE NE SAIS PAS...

ATTENTION ! UN ÉBOULEMENT !
AAAH ! HERMANCE !
CHRIST DE MISÉRICORDE !... PITIÉ !
ANDARA ! APPELLE NOS HOMMES ET VIENS !
VITE !

LA CORDE, LANGUEDOLCE! ATTRAPE LA CORDE!
KCRAAK!

JE... JE VAIS LÂCHER!...
PIEDS DU DIABLE! ...
HERMANCE!
AAAH!
TU... TU M'AS SAUVÉE!
ELLE A LÂCHÉ MA MAIN!... ELLE... JE VOULAIS...
LE CHRIST LES A PROTÉGÉS!

ANTIOCHE, DÉCEMBRE 1097...
NOTRE DÉTOUR PAR CES MAUDITES MONTAGNES DU TAURUS NOUS A BIEN RETARDÉS ! LES ARMÉES DE ST-GILLES ET DE GODEFROY DE BOUILLON SONT ARRIVÉES AVANT NOUS !

ILS NE NOUS ONT PAS PRÉCÉDÉS DE BEAUCOUP... LA VILLE N'A PAS ENCORE VÉRITABLEMENT SOUFFERT...
ET REGARDE, SEIGNEUR : NOS ALLIÉS ONT VISIBLEMENT CONNU DES TOURMENTS LORS DE LEUR TRAVERSÉE DE L'ANATOLIE... NE CROIS DONC PAS TE PRÉSENTER AFFAIBLI DEVANT ST-GILLES... IL SERA RAVI DE COMPTER SUR NOTRE ARMÉE !...
TU NOUS AURAS SAUVÉS PLUS D'UNE FOIS DEPUIS NOTRE DÉPART DE NICÉE, COMPAGNON.
J'AVAIS AGI LÉGÈREMENT EN ENTRAÎNANT NOTRE TROUPE DANS CE PÉRIPLE !...
D'AILLEURS, IL ÉTAIT ENCORE PLUS FOU DE SONGER QUE NOUS AURIONS PU PRENDRE SEULS CETTE VILLE ! ELLE EST INEXPUGNABLE !
CERTES, SEIGNEUR... MAIS LÀ OÙ TU NE TE TROMPAIS PAS, C'EST QUAND TU DISAIS QUE NOUS AVIONS L'IMMENSE CHANCE DE COMPTER DANS NOS RANGS PIEDS DU DIABLE !... NOUS NE POUVONS GAGNER GRÂCE SEULEMENT À LUI...
32
...MAIS SANS LUI, IL NOUS SERAIT IMPOSSIBLE DE VAINCRE !...
ISTVÀNA !...

QU'EST-CE QUE TU VEUX, PIEDS DU DIABLE?...
POURQUOI NE M'AS-TU PLUS ADRESSÉ LA PAROLE DEPUIS CE QUI S'EST PASSÉ DANS LA MONTAGNE... DANS LE CHARIOT?...
TU N'AS RIEN À ESPÉRER DE MOI! AVEC LES HOMMES, JE SUIS LIBRE!
LE LIVE NOIR S'EN ACCOMMODE!
TU DEVRAIS EN FAIRE AUTANT!...
NON! JE NE PEUX PAS M'EN ACCOMMODER!
ALORS, TANT PIS POUR TOI... LAISSE-NOUS, MAINTENANT!...
PIEDS DU DIABLE QUITTA NOTRE CAMP LA NUIT MÊME.
ET CE FUT LE DÉBUT D'UNE LONGUE PÉRIODE DE MALHEURS...

JAMAIS NOUS N'AVONS RÉUSSI À FORCER CETTE FORMIDABLE MURAILLE COURANT SUR DIX LIEUES ET PROTÉGÉE PAR PLUS DE QUATRE CENTS HAUTES TOURS !...
LES TURCS RÉSISTENT GRÂCE À LEURS FORTIFICATIONS, MAIS AUSSI GRÂCE À LEUR ÉLEVAGE ET LEURS CULTURES À L'INTÉRIEUR DE LA VILLE...
ILS PEUVENT MÊME SE RAVITAILLER PAR LA RIVIÈRE ORONTE QUE NOUS N'ARRIVONS PAS À ENCERCLER EFFICACEMENT...
À L'INVERSE, NOS ARMÉES SOUFFRENT RAPIDEMENT DE LA FAIM ET DE LA SOIF, MALGRÉ LES RAIDS RÉGULIERS QUE NOUS FAISONS DANS L'ARRIÈRE-PAYS SYRIEN POUR TROUVER DES VIVRES.
LA FAMINE ET SURTOUT LA SOIF PROVOQUENT DE NOMBREUX MORTS...
...ET DES SCÈNES DE FOLIE.

ARRÊTEZ ! POURQUOI EST-CE QUE VOUS VOUS BATTEZ ?
DE... DE L'URINE !
LORSQUE L'HIVER VIENT, CE SONT DES PLUIES TORRENTIELLES QUI ARRIVENT, DES TEMPÊTES, DES TREMBLEMENTS DE TERRE. NOS TENTES SONT DÉTRUITES OU POURRISSENT.
LES CLERCS RENDENT RESPONSABLES DE CES MAUX LA VIE DISSOLUE DES CROISÉS QUI FORNIQUENT AVEC LES NOMBREUSES PROSTITUÉES PRÉSENTES DANS LE CAMP, QUI S'ADONNENT AU JEU, À LA BEUVERIE, AUX RAPINES ET AU BRIGANDAGE.
LES PRÊTRES DISENT QUE LA DESTRUCTION DE L'HARMONIE ENTRE LES ÉLÉMENTS EST LE SIGNE QUE DIEU A QUITTÉ CET ENDROIT DEPUIS LONGTEMPS ET QU'IL VEUT QUE NOUS EN FASSIONS DE MÊME !...
MAIS JE SAIS QUE JÉSUS NE NOUS A PAS ABANDONNÉS !...
C'EST LANGUEDOLCE QUI NOUS A TRAHIS !...

IL FAUT ENCERCLER LES TURCS EN CONSTRUISANT DES FORTS AUTOUR D'ANTIOCHE. LA PRIORITÉ EST LA PORTE SUD, POUR CONTRÔLER L'ORONTE. C'EST LA SEULE FAÇON DE COUPER LEUR RAVITAILLEMENT. NOUS N'AVONS PAS ASSEZ DE BOIS, ALORS NOUS ALLONS JUSQU'À UTILISER LES PIERRES D'UN CIMETIÈRE TURC POUR BÂTIR UN FORT...
LES AFFRONTEMENTS ENTRE FRÈRES DE LA MÊME CAUSE CONTINUENT DE SE MULTIPLIER, NOUS SOMMES PRÈS DU CHAOS...
C'EST POURTANT À CE MOMENT, QUAND TOUT SEMBLE PERDU, QUE PIEDS DU DIABLE SE MANIFESTE À MOI...
...ET M'APPELLE ENFIN, DU FIN FOND DE SA RETRAITE...
JE VIENS TE CHERCHER, LANGUEDOLCE, PUISQUE FINALEMENT, TU LE VEUX...
TU SAIS POUR QUI JE VEUX REVENIR, LIVE NOIR... TU SAIS QUI EST CELLE QUE J'AI TENTÉ D'OUBLIER MAIS DONT LA PENSÉE OBSÉDANTE A FINI PAR SE FAIRE ENTENDRE MÊME DE TOI, SI LOIN À ANTIOCHE...
OUI, JE SAIS, PIEDS DU DIABLE. MAIS IL FAUT DE TOUTE FAÇON QUE JE TE RAMÈNE, AUTREMENT NOUS ALLONS TOUS MOURIR !... ET ISTVÀNA AUSSI !...
C'EST POUR CELA QUE JE TE SUIS, LIVE NOIR...
VA... VA-T-ELLE BIEN ?...

P... PIEDS DU DIABLE !
CHRIST EST GRAND ! IL EST REVENU !
UNE FOIS DE PLUS, SAUVE-NOUS, PIEDS DU DIABLE !
NOËL ! NOËL ! GLOIRE AU TOUT-PUISSANT !

TU N'ES PAS LE BIENVENU ICI, LANGUEDOLCE !
NOUS AVONS BESOIN DE TOUT SAUF DE TES TOURS DE SORCIER !
MONSEIGNEUR ! C'EST LE CHRIST LUI-MÊME QUI INSPIRE LANGUEDOLCE ! IL L'A PROUVÉ MAINTES FOIS !
LE LIVE NOIR DIT LA VÉRITÉ ! TU LE SAIS, ST-GILLES ! FAIS ENTENDRE RAISON À...
LE CHRIST ?...
ALORS CE... PIEDS DU DIABLE POURRA SANS PROBLÈME SE PRÊTER À L'ÉPREUVE DIVINE DU FEU !
POURQUOI L'ENCHAÎNER, MONSEIGNEUR ??!
POUR QU'IL NE PUISSE À AUCUN MOMENT SE SOUSTRAIRE À L'ÉPREUVE DE DIEU, SEIGNEUR BOHÉMOND !
N'AIE CRAINTE, PRINCESSE...
JE SUIS AVEC LUI...

IL FAUT MAINTENANT QU'IL SOIT AVEC MOI...
39
POURQUOI N'AVANCE-T-IL PAS, LIVE?...
IL... IL EST TERRO-RISÉ!

40

41

L'ÉPREUVE RÉUSSIE PAR PIEDS DU DIABLE A RAVIVÉ À UN TEL POINT NOTRE ESPÉRANCE QUE NOUS NOUS LANÇONS AUSSITÔT À L'ASSAUT DU FORT D'HARIM, UN DES BASTIONS IMPRENABLES QUI PROTÈGE LES REMPARTS D'ANTIOCHE DU CÔTÉ NORD.
EN MOINS D'UNE HEURE, LA PLACE EST À NOUS !
LE FORT REGORGEAIT DE VIVRES. C'EST LA PREMIÈRE BELLE NUIT DES CHRÉTIENS DEPUIS DE LONGS MOIS !...
LE LENDEMAIN, NOUS AVONS PRIS DEUX AUTRES FORTS...

DES MARCHANDS SYRIENS S'APPROCHAIENT. ILS VENAIENT RAVITAILLER LES SELDJOUKIDES EN ORGE, BLÉ, VIN, HUILE...
ILS N'ARRIVERONT PAS À ANTIOCHE !
LIVE NOIR ! CESSE CE MASSACRE ! CE SONT DES MARCHANDS !
QUELLE EST CETTE FOLIE QUI S'EST EMPARÉE DE TON BRAS ?!

EST... EST-IL BLESSÉ?... EST-CE QU'IL VA MOURIR?...
IL LE FAUT, CAR NOUS ALLONS AVOIR BESOIN DE LUI...
NON, PIEDS DU DIABLE... IL SE REPOSE...
J'AI SOUDOYÉ EN SECRET UN INFÂME RENÉGAT TURC QUI S'APPELLE FIRUZ! PAS PLUS TARD QUE LA NUIT PROCHAINE, IL VA NOUS OUVRIR LA PORTE DES DEUX SOEURS!...
ANTIOCHE SERA À NOUS!

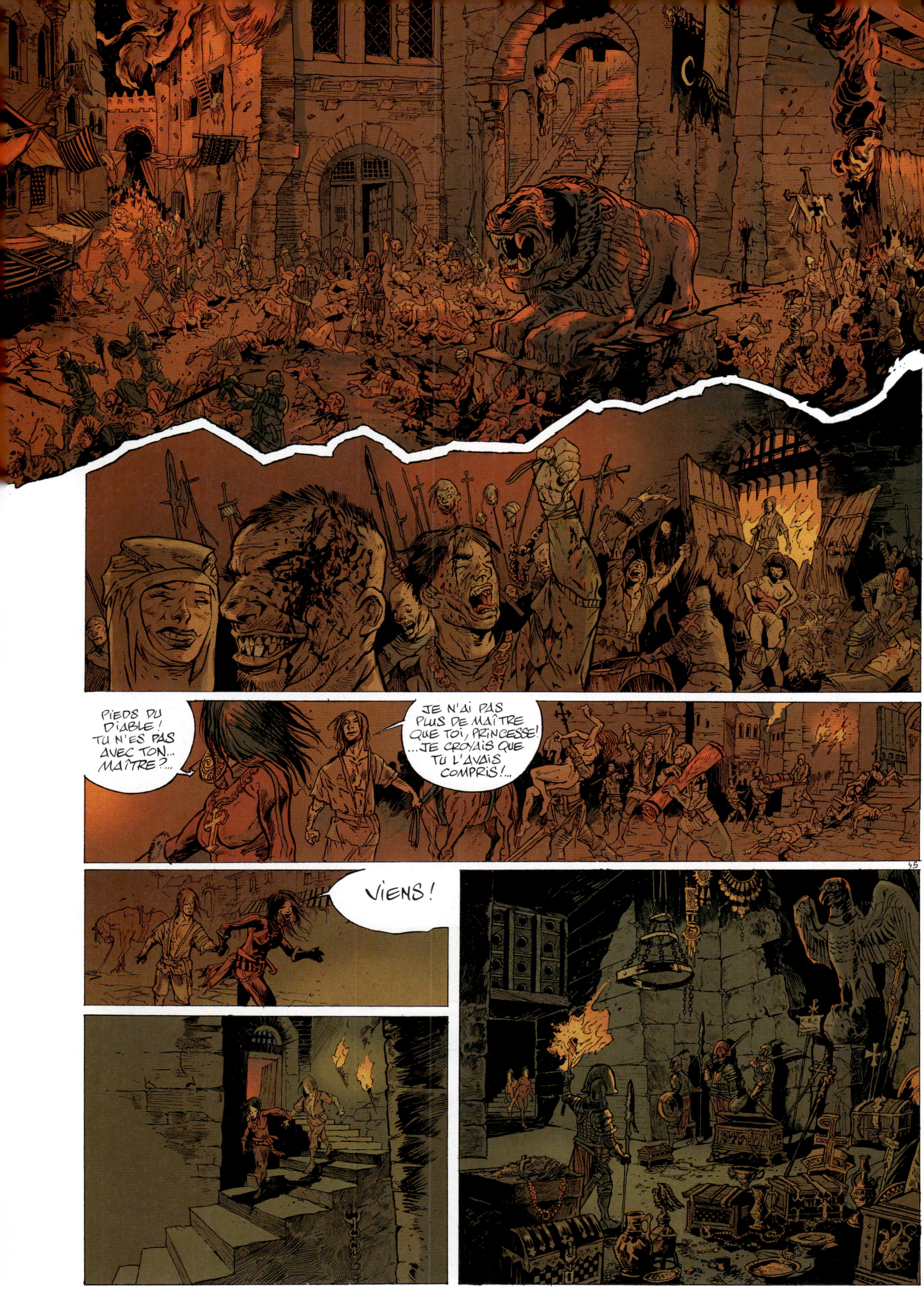
PIEDS DU DIABLE ! TU N'ES PAS AVEC TON... MAÎTRE ?...
JE N'AI PAS PLUS DE MAÎTRE QUE TOI, PRINCESSE ! ...JE CROYAIS QUE TU L'AVAIS COMPRIS !...
VIENS !

LE TRÉSOR DE L'ATABEG !
IL REVIENT AUX TAFURS !
46
IL Y A CERTES BIEN D'AUTRES RICHESSES DANS CETTE VILLE, ISTVÁNA, MAIS TU AURAS DU MAL À GARDER CES MERVEILLES POUR TOI SEULE !...
J'AI LA PROMESSE DE BOHÉMOND ! ...
CAR J'AI CELLE DU LIVE NOIR !...
QUE LUI AS-TU DONNÉ EN ÉCHANGE ? ...
L'ASSURANCE QUE JE LE SUIVRAI JUSQU'À JÉRUSALEM ! ...
S'EN CONTENTE-T-IL ?...
NE T'EN CONTENTERAIS-TU PAS, HERMANCE ? ...